世界经典童话小说书系

风的礼物

著者／奥·基罗加 等　编译／李玉宁 等

吉林出版集团股份有限公司 | 全国百佳图书出版单位

图书在版编目（CIP）数据

风的礼物 ／（乌拉圭）奥·基罗加等著；李玉宁等编译. -- 长春：吉林出版集团股份有限公司，2016.12

（世界经典童话小说书系）

ISBN 978-7-5581-2101-2

Ⅰ.①风… Ⅱ.①奥… ②李… Ⅲ.①儿童故事 – 作品集 – 世界 Ⅳ.①I18

中国版本图书馆CIP数据核字（2017）第065128号

风的礼物

FENG DE LIWU

著　者	奥·基罗加 等	
编　译	李玉宁 等	
责任编辑	赵黎黎	
封面设计	张　娜	
开　本	16	
字　数	50千字	
印　张	8	
定　价	29.80元	
版　次	2017年8月　第1版	
印　次	2020年10月　第4次印刷	
印　刷	三河市嵩川印刷有限公司	
出　版	吉林出版集团股份有限公司	
发　行	吉林出版集团股份有限公司	
地　址	长春市绿园区泰来街1825号	
电　话	总编办：0431-88029858	
	发行部：0431-88029836	
邮　编	130011	
书　号	ISBN 978-7-5581-2101-2	

儿童自然单纯，本性无邪，爱默生说："儿童是永恒的弥赛亚，他降临到堕落的人间，就是为了引导人们返回天堂。"人们总是期待着保留这份童真，这份无邪本性。

每一个儿童都充满着求知的欲望，对于各种新奇的事物，都有着一种强烈的好奇心，这样在成长的过程中就不可避免地被好的或坏的事物所影响。教育的问题总是让每个父母伤透了脑筋，生怕孩子们早早地磨灭了童真，泯灭了感知美好事物的天性。童话很好地解决了这个问题，让儿童始终心存美好。

徜徉在童话的森林，沿着崎岖的小径一路向前，便会发现王子、公主、小裁缝、呆小子、灰姑娘就在我们身边，怪物、隐身帽、魔法鞋、沙精随时会让我们大吃一惊。展开想象的翅膀，心游万仞，永无岛上定然满是欢乐与自由，小家伙们随心所欲地演绎着自己的传奇。或有稚童捧着双颊，遥望星空，神游天外，幻想着未知的世界，编织着美丽的梦想。那双渴望的眸子，眨呀眨的，明亮异常，即使群星都暗淡了，它也仍会闪烁不停。

　　童心总是相通的，一篇童话，便会开启一扇心灵之窗，透过这扇窗，让稚童得以窥探森林深处的秘密。每一篇童话都会有意无意地激发稚童的想象力和感知力，让他们在那里深刻地体验潜藏其中的幸福感、喜悦感和安全感，并且让这种体验长久地驻留在孩子的内心，滋养孩子的心灵。愿这套《世界经典童话小说书系》对儿童健康成长能起到一点儿助益，这样也算是不违出版此书的初心了。

编者

2017 年 3 月 21 日

目录
MULU

一百个金币

从前，住在城里的制鞍匠萨奈，老来得子，取名马密得。马密得出生后不久，就失去了母亲。萨奈含辛茹苦，靠远近闻名的制鞍手艺把儿子养大。

一天，萨奈把马密得叫到身边。

"我已经老了，不能干活儿了。我劳累了一生只攒下三百个金币，我希望你能学一门手艺，有一技之长，将来能够独自生活。你想做乐师还是学者，或者商人？"萨奈问儿子。

"成为学者太难了，我对这行不感兴趣。我懒得在多人

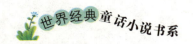

面前大声唱歌、弹奏乐曲，我不想做乐师。我觉得商人还不错，可以有一个属于自己的店铺，风吹不着，雨淋不到。"马密得回答说。

"做买卖没有你所想的那么容易，需要自己去进货，大秤进小秤出；进货还有风险，这批货能挣钱，下批货也许就会赔钱，需要看准时机，灵活把握。"萨奈耐心地对儿子说。

马密得执意要做商人。萨奈没有办法，只好尊重马密得的选择。

"我们国家不产胡椒，你去邻国进一些，进货时先打听一下价格，货比三家，再砍价。这是本钱一百个金币，揣好。"萨奈一边嘱咐着，一边把钱递给马密得。

马密得接过父亲手中的一百个金币，把它仔细地藏在了口袋里。

"人家要是不降价，怎么办？"马密得问。

"那你就软磨硬泡，对商家说你下次还来进他家的货，彼此双赢，何乐而不为。现在国内市场奇缺胡椒，你会赚到几倍的钱。"萨奈说完，又给了儿子一些零用钱。

马密得把零用钱放进了衣兜，开始为旅途做准备。

一切准备就绪，马密得出发了，走了很久才到达邻国的都城。

马密得来到集市，挨家挨户寻找批发胡椒的商家。整个集市只有一家批发胡椒的店铺。马密得来到胡椒店，向老板打听价格，谈好了价后，说自己要买一百个金币的胡椒。

老板见来了一个大买家，很高兴，连忙找袋子装胡椒。

马密得见窗外一群人顺着大路往前走，感觉特别热闹，竟忘记自己正在买胡椒，急忙从屋里走出来，挤进了人群。

马密得跟着人群走进了一座美丽的大花园，看见花园中有两位穿着华丽的乐师在弹奏一种外观像琵琶的乐器。曲子悠扬悦耳，听众掌声不断。人们听了一曲又一曲，不愿意离去。

经过打听，马密得了解到，乐师弹奏的乐器叫都塔尔。

　　"我要做像这两位乐师一样令人羡慕和敬仰的人。"马密得心里想着，不觉来到乐师的身边。

　　"尊敬的老师，我想做你们的学生，请在七天之内教会我，我需要交给你们多少学费呀？"马密得问。

　　"七天之内教会你弹都塔尔，你必须给我们一百个金币，否则我们不会教你。"一位乐师回答道。

　　马密得同意了，答应给他们一百个金币。

　　乐师们乐呵呵地把马密得接到家里，教他学习都塔尔。

马密得知道一百个金币是父亲辛辛苦苦挣来的，所以很用功，七天便学会了弹奏都塔尔，记住了许多曲子，而且弹奏得很熟练。

马密得给了乐师们一百个金币后，走出了乐师的家。想到自己买胡椒的钱没有了，留在邻国也没有意义了，马密得只好返回家中。

"胡椒买回来了吗？价格怎么样？"萨奈看到儿子回来了，高兴地问。

"对不起，我一斤胡椒也没有买回来。我看到两位乐师在弹奏都塔尔，感到很快乐，所以花一百个金币学会了弹奏都塔尔，这也算一门技艺吧！"马密得说。

萨奈没有责怪马密得，反而称赞儿子学会了一门技艺。他又拿出了一百个金币，交给马密得，嘱咐他这次一定要把胡椒买回来，同样给了他一些零用钱。

马密得谢过父亲，第二天又出发去邻国买胡椒。他风餐露宿，几天后到达了邻国，第二次来到胡椒店。

"喂，小伙子，上次你来我店里要买一百个金币的胡椒。结果我称好了，却发现你不见了。你是在戏弄我吗？"卖胡椒的老板一眼就认出了马密得。

"对不起老板，我不是在戏弄你，我是真想买你家的胡椒。上次因为遇到事情把买胡椒的钱花光了，所以就没有回来买胡椒。之后我回家取钱，这才返回你的胡椒店。"马密得解释着。

"这次你想买什么呀？"老板问道。

"一百个金币的胡椒。"马密得回答。

刚说完，马密得看见一个青年手里拿着书和本，一路小跑从窗外经过。

马密得觉得好奇，又忘记了自己是来买胡椒的，三步并作两步地跑出胡椒店，跟在青年的身后。只见青年人跑过好几条胡同，最后在一座高墙外停下来，拍了拍身上的土，整整衣襟，然后走进院子里，马密得也跟着进去了。

院子里坐着一位白发苍苍的学者，在讲着什么，旁边坐着许多年轻人，有的还在用笔记录，时不时地跟着念。

"对不起，因母亲生病所以我来晚了，打扰大家了。"青年找了个椅子坐下来，对老人说。

"老人家，你在干什么？"马密得来到老人的面前，问道。

"我在教年轻人认字读书，也许不久的将来，需要你们某一个人来决定国家的大事。"老人回答。

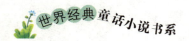

　　"如果七天之内你教会我读书认字，我需要交多少学费？"马密得问。

　　"你必须交给我一百个金币，否则我不教。"老人回答。

　　马密得同意了，开始虚心地向老人学习，认真地做着笔记。功夫不负有心人，马密得七天就学会了许多字，不仅会写而且会认。

　　想到买胡椒的钱又被自己花了，马密得无奈地返回家中。

　　萨奈看儿子回来了，高高兴兴地向他打听胡椒的价格。

　　"对不起，这次胡椒还是没有买，我花了一百个金币跟一位学者学会了读书认字，现在我能写契约、借条、书信等文书了。"马密得诚实地对父亲说。

　　萨奈没有责怪儿子，而是赞赏一番，又给了马密得一百个金币。

　　"这是仅有的一百个金币了，你拿好，去邻国一定要把胡椒买回来，我们今后就靠这一百个金币生存了。"萨奈语重心长地对马密得说。

马密得把一百个金币藏好，休息了一晚，第二天出发去邻国买胡椒了。他第三次来到那个胡椒店，却发现胡椒店锁门了。

正在店门前徘徊的马密得，突然听到隔壁传来了一阵阵嘈杂声，"吃马、飞象、走卒子"。平时就喜欢看热闹的马密得，按捺不住，循着声音来到隔壁。只见两人正在对弈，其中一人的棋艺水平很高，在场的所有人无一是他的对手。

马密得不知不觉爱上了下象棋。

"你的棋艺真高，没有人能战胜你，若七天之内你教会我，我需要给你多少学费？"马密得上前询问象棋高手。

"必须给我一百个金币，少了我不会教你的。"象棋高手回答道。

"好吧，这是一百个金币，我现在就是你的学生了。"马密得从口袋里掏出一袋钱，递给了象棋高手。

象棋高手把他的棋艺毫不保留地传授给了马密得。

马密得竟在七天之内成了一名象棋高手，但想到自己把最后的一百个金币也花了，觉得没有脸面回家见父亲。于是，他让人捎信给父亲萨奈，让他来邻国跟自己相聚。萨奈接到信后来到了儿子身边。

"儿子无能，让您的晚年过得这么凄惨。您把我领到市场上卖给商人吧，换些钱来安度晚年，这是儿子唯一能为你做的事。"马密得哭着说道。

父亲老泪纵横，哪里舍得把儿子卖给商人当奴隶。

"父亲，你就把我卖了吧，你有钱生活，我就放心了，我会好好照顾自己的。你不答应，我就不起来。"马密得跪在萨奈面前苦苦哀求。

无奈之下，萨奈只好同意了马密德的哀求，把他领到了集市上。权衡再三，萨奈把儿子卖给了商队的头目约默德·别喀，让儿子帮着商队赶骆驼。

萨奈接过商人的一百个金币，眼泪哗哗地流下来，一再嘱咐儿子要注意安全。

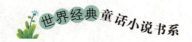

马密得跟着商队上路了，走了好几个小时，也没有看到一户人家。天气炎热，大家饥渴难耐，这时有人发现不远处有一口井。约默德·别喀十分高兴，让人把绳子拴在马密得的腰上，让他去井里弄点儿水上来。

马密得被放到井里，被眼前的一切惊呆了，映入眼帘的满是金银财宝。

"主人，我们发财了，快把袋子放下来。"马密得朝井口大喊。

马密得把腰间的绳子解下来，把一袋金子绑上，让人把金子拉上去。一会儿，马密得又把放下来的袋子装上银子，让人把银袋子拉上去。

就这样，最后井下没有任何财宝了，马密得把绳子重新系在自己的腰上。

"主人，快把我拽上去！"马密得一边朝井口大声喊，一边使劲儿地晃动腰上的绳子。

可是，井外静悄悄的，一点儿声音都没有。

原来，约默德·别喀怕马密得上来后要分去一些财宝，偷偷地带领商队走了，留马密得在井下自生自灭。

可怜的马密得在井下叫天天不应，叫地地不灵，只好用力地晃动井里的石头。突然，他发现几块石头倒塌了，面前出现了一个大洞。他蹑手蹑脚地走进洞里，发现有个妖怪在睡觉，墙上挂着一支都塔尔。

马密得看到都塔尔就像见到老朋友似的，拿起它就弹奏起来。

马密得弹了一曲又一曲，清脆悦耳的琴声把熟睡的妖怪惊醒了。

"喂，年轻人，你是怎么来到我这里的？"妖怪张牙舞爪地来到马密得的身旁。

马密得把事情的经过详细地讲了一遍。妖怪听后，气得嗷嗷直叫，说无论如何也不会放过商队的头目约默德·别喀。

"你这么熟练地弹奏都塔尔，是跟谁学的？"妖怪问马密

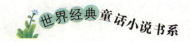

得。

"我是花了一百个金币跟著名的乐师学的。"马密得回答道。

"你刚弹过的这首曲子,我儿子也弹过,他也喜欢弹奏都塔尔。"说完,妖怪呜呜地哭起来……

"你为什么哭了,想起心酸的往事了吗?"马密得被妖怪弄糊涂了。

"是啊,如果我儿子活着,也跟你一般大了。"妖怪回答。

"他怎么死的,是生病还是意外?"马密得追问道。

"一天,我陪儿子玩耍,不小心踩碎了装着他灵魂的小瓶子,他就死了。他很喜欢弹奏这支都塔尔,我看到你就仿佛看到了他。为了答谢你为我弹奏都塔尔,我把商队的人抓回来交给你处置,怎么样?"妖怪问马密得。

"不,不要把他们抓到这里来,而是把我送到他们那里去吧。"马密得回答道。

按照妖怪的要求,马密得闭上了眼睛,只听见呼呼的风响，不一会儿就被带到约默德·别喀的面前。

"主人，我在井底睡着了，没有跟大家一同赶路，你不高兴了吧？"马密得向约默德·别喀鞠了一躬。

"他们的心太狠毒了，想害死你，要我把他们都打死吗？"妖怪问。

"千万不要打死他们，我还要向他们讨要财宝，赎回原来的身份，回到父亲的身边呢。"马密得上前阻拦妖怪。

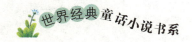

"那好吧，没事儿我就回去了，有事儿你再去找我。"说完，妖怪不见了。

商队里的人被妖怪吓得瑟瑟发抖，觉得马密得能支配妖怪，不宜把他留在身边。于是，经过商议，他们决定除掉马密得。

约默德·别喀让马密得去给自己的大儿子送信，向家里报个平安。

马密得接过信，骑着马出发了。

一天，他来到一条小河边休息，吃着干巴巴的烙饼，突然想看看自己学过的字忘记没有。

马密得掏出信读起来，却发现信的结尾写道：送信的人是我的奴隶，心狠手辣，总想谋害我们，今晚你们就杀死这个祸害。

马密得看完信，气得把信撕得粉碎，扔进了河里。

他从包里拿出学者给的纸和笔，写了一封信，嘱咐约默德·别喀的大儿子要好好招待自己、答谢自己。

几经周折，马密得终于找到了约默德·别喀的大儿子家，并把信交给了他。

约默德·别喀的大儿子看过信，非常高兴，当晚设宴款待马密得。

席中闲聊，马密得听说这个国家年轻的女国王最近向全国百姓宣布：她要嫁给一个棋艺比自己高的人，但挑战的如果失败就会被杀头。

马密得向约默德·别喀的大儿子打听王宫的位置，想要去比试棋艺。约默德·别喀的大儿子极力劝阻，说很多人都因此掉了脑袋。

马密得不听劝阻，一意孤行地来到王宫的宫门外。守门的传令兵拦住了马密得的去路，问明原因后，又告诉他下棋的规则是四盘三胜，否则要被杀头。

马密得听后，让传令兵把他带到了女王面前。

"你现在回头还不晚。"女王劝说马密得。

在马密得的一再要求下，女王命人端上棋盘，侍卫站立

两旁，裁判站在中间，开始对弈。第一局刚开始不久，马密得就输了。

"现在后悔还不晚，我会放你一条生路的。"女王趾高气扬地说。

"我是有意让你一局，在我们国家，客人为了表示尊重，要输给主人第一盘，这是一种规矩，我不能破坏。"马密得冷笑着。

"不自量力的东西，死到临头还想狡辩。"听了马密得的话，女王气得大喊道。

侍卫们交头接耳，觉得马密得的下场会很惨。让裁判始料未及的是，马密得不费吹灰之力就连赢女王两局。

这时，女王有些坐不住了，汗也流了下来，坚信自己能赢最后一局。结果，女王无力回天，第四局也输给了马密得。

"我们再下一局，如果你输了，我不杀你，你可以走出王宫回家。如果你赢了，我就遵守诺言嫁给你，如何？"女

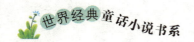

王觉得面子上有些过不去，就对马密得说。

"行，我愿意奉陪到底，希望你说话算数。"马密得笑着说。

就这样，女王和马密得开始了最后一局的较量。

不一会儿，马密得又拿下了这一局。

女王输得心服口服，下令请都城的百姓前来喝喜酒吃喜宴，为自己举行婚礼。好多百姓听说女王嫁人的消息后，欢呼雀跃，再也不用担心自己的儿子白白去送死了。

大家成群结队来到王宫，祝福女王，享受着美味佳肴。

女王借此机会，把王位让给了马密得，让他治理国家。

"去把商人约默德·别喀以及他的驼队带到宫里来，并让他们把从井里得到的金银财宝全部带来，本王另做安排。"马密得把使臣叫到面前，命令道。

没过几天，使臣带来了商人约默德·别喀。

"今天叫你们来有两件事：第一，收缴我在井下发现的金银财宝，将其发放给穷苦的百姓；第二，赎回我的身份。

你拿好这一百个金币，现在我自由了。"马密得说着，把一袋金币递给了约默德·别喀。

约默德·别喀接过金币，望着戴着王冠的马密得，有些吃惊。

"从今往后，我是你们的国王了，你们如果再像从前对待我那样对待别人，将会受到严厉的惩罚。"马密得说道。

"谢谢国王不杀之恩，我今后一定本本分分做人，再也不做伤天害理的事了。"约默德·别喀缓过神儿来，吓得一个劲儿地磕头。

马密得摆摆手，让约默德·别喀等人退下。

使臣领命去接马密得的老父亲萨奈，经过打听来到萨奈的家，并说明了来意。

"我儿子是个奴隶，怎么变成了国王？你们再去别处看看吧，重名重姓的人很多，以免发生误会。"萨奈不相信使臣说的话。

使臣又详细地讲述了马密得当上国王的经过。

　　萨奈终于相信了使臣的话，随他来到王宫。

　　马密得见到久别的老父亲，顾不上任何礼仪，大步跑上前，扑到了父亲的怀中。

　　父子俩紧紧地拥抱在一起，痛哭起来。

　　从此，萨奈在王宫里住了下来，过上了幸福的生活。

乌龟和老鹰

乌龟和鹰妈妈是非常好的朋友，经常在一起聊天。

但是，鹰妈妈总有一种优越感，觉得乌龟不会像自己一样飞翔，这是一种愚蠢的表现。

有一天，两个好朋友又见面了。

"我已经有了三个小宝宝了，所以这段时间我会很忙，要给它们张罗吃的。"鹰妈妈告诉乌龟。

"你有孩子了，我应该去拜访你们！"乌龟说道。

鹰妈妈并没有将乌龟的话放在心上，因为自己的家在森林中最高的那棵树上，乌龟不可能去家里拜访。

过了几天，鹰妈妈去捕食的时候看到了乌龟。

"你怎么还不去我家里拜访？我和孩子们都等你好几天了……"鹰妈妈说了几句嘲讽的话，然后笑着飞走了。

"虽然我没有翅膀，但可不缺少智慧。"乌龟听完鹰妈妈的话，心里很不是滋味，一边自言自语着，一边爬回家了。

一天，乌龟散步时看到一只很胖的鸡，忽然来了灵感。它偷偷地爬过去，"咔嚓"一口咬住了鸡的一条腿。

鸡不断地挣扎着，最后一动不动地倒在了地上，而那大大的翅膀正好把乌龟盖住了。乌龟静静地躺在鸡身下。

　　过了一会儿，外出捕食的鹰妈妈一眼就看到了地上的鸡，一个俯冲下来，抓起鸡便往巢穴飞去，却不知乌龟在鸡的身下。

　　鹰妈妈回到鹰巢，放下鸡，又去捕食了。

　　乌龟借机从鸡翅膀下爬了出来，看着那些雏鹰分吃那只鸡。

　　不久，鹰妈妈回来了。

　　"好朋友，我来看你们了。"乌龟笑着说。

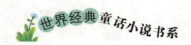

"天啊，你真的来了？"鹰妈妈吃惊极了。

"难道你不欢迎我来做客？"乌龟问道。

鹰妈妈没再说什么，但对乌龟的到来充满了疑问。因家中没有食物招待乌龟，鹰妈妈只好再次外出，留下了乌龟和雏鹰们。

等了很久，乌龟饿急了，便把一只雏鹰的腿扭断并吃掉了。

"原来你有一只一条腿的孩子，怎么不早点儿告诉我！"乌龟指着一只雏鹰，对刚回来的鹰妈妈说。

鹰妈妈非常诧异，却没有怀疑乌龟，接着又出去捕食了。

乌龟趁机把那只断腿的雏鹰给吃掉了。

"我那可怜的孩子呢？"鹰妈妈回来后，问道。

"你飞走后，它立刻就跟了出去啊，你难道没看到？"乌龟装作很惊讶的样子。

鹰妈妈不知道该怎么办才好，但为了招待好客人，便没

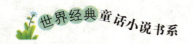
再找那只小鹰，就又出去捕猎了。乌龟趁机又吃掉了一只雏鹰，而鹰妈妈回来后，它又说了上次那番话。

鹰妈妈思前想后，终于明白了，一定是乌龟在捣鬼。

"你这个坏家伙！"鹰妈妈愤怒极了，抓住乌龟飞到了最高的地方，然后使劲儿地将乌龟摔了下去。

乌龟的下场可想而知了。

这个故事告诉我们：无论是谁，都不能去嘲笑和蔑视自己的朋友。乌龟和鹰妈妈都犯了这个错误，并且为自己的行为付出了沉重的代价。

小 米 隆

　　米隆是个聪明的孩子。爸爸非常喜欢米隆，总是夸他，说他是个特别聪明的孩子。一般说来，当爸爸的很少评价自己的孩子。米隆出生的时候爸爸年纪已经不小了，所以不管男孩女孩，都是爸爸的宝宝，他们是最聪明的，最漂亮的。邻居们的眼里，米隆这孩子胆子不大，不那么聪明，与一般的孩子没什么不同。

　　米隆走路时喜欢自言自语，手里总是拿着一个桦树条，边走边不断地在空中抽来抽去，有时还拔起路边的小草，撕成几段。在孩子堆里，米隆也算不上最勇敢、机灵的。

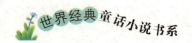

让人们感到奇怪的是，他小小的年纪，说起话来却像个大人。

有一天，米隆和好朋友瓦西里在一起玩。

"瓦西里，你能数多少个数？"米隆问。

"我能数多少个数？五个、七个、十个、十五个，怎么样？"瓦西里回答道。

"十五个？哈哈，十五个算什么？"米隆讥笑着说。

"嗯，究竟能数多少，我也不知道？"瓦西里回答说。

"那好吧，坐下，咱们比一比，看谁数的多。"米隆提议。

两个好朋友坐在地上，米隆开始数起来，边数边用棍子在地上敲着："一，二，三，四……"

米隆不停地往下数着。听着听着，瓦西里就坐不住了，不一会儿，就站起身，悄悄地跑开了。

米隆丝毫没有察觉，坐在地上，仍旧嘀嘀咕咕，手里的小棍还不停地敲着。

这时，老人里亚比纳一边咳嗽，一边气喘吁吁地走了过来。米隆仍然没有察觉，还是一边数数一边敲打着地面。老人走到他身旁停下来，静静地听着孩子数数。这时，米隆已经数到四百了。

"嗨，小傻瓜儿，你在干什么呢?"老人声音低沉，鼻音很重。米隆这时才抬起头，蜷缩着身子，惊慌不安地看着老人。

"孩子，你不知道这是在敲打神圣的土地吗？难道你不知道土地是我们的母亲吗？把棍子给我。"老人大声呵斥道。

米隆把棍子递给老人，但根本不明白他要棍子干什么。老人接过棍子，扔到荨麻地里。

米隆流下眼泪。他哭的原因并不是因为棍子被扔了，而是老人粗暴地打断了他数数。

"回家去，向上帝保证，以后不再敲打土地了。"老人严厉地说，然后一瘸一拐地走了。米隆久久地望着老人的背

影，心里闷闷不乐。他不明白，老人为什么发这么大脾气，而且态度如此蛮横。

米隆非常喜欢一个人游玩。草地绿茵茵的，树叶上挂着露珠，花儿争奇斗艳，伴着清风散发出芳香。他玩得入迷，竟忘了回家。

米隆非常喜欢用牛蒡花打扮自己，常常是浑身上下插满了牛蒡花。

在米隆家不远处，有一个山谷，一条闪闪发光的小河穿过其间。小河两岸又高又陡，河底是细细的黏土，浅滩上铺满了鹅卵石，水面漂浮着绿茸茸的水草。

去草场必须要经过这条小河，它深深地吸引了米隆。看到小河，米隆总是兴奋不已，每次一钻进茂密的草丛中，就是几个小时。他此刻的感觉是那样的惬意、那样的幸福。

他静静地坐在草地上，专心致志地观察着流动的河水。水草在水流的冲击下不停地抖动着，鱼不时地从洞里钻出来游来游去。

鱼儿一会儿在河底捕捉水虫，一会儿又将长着须子的嘴伸出水面，呼吸一下空气，然后再潜入水中。

天空万里无云，一片蔚蓝，金色的太阳挂在空中。米隆躺在地上，用几片宽大的叶子盖在身上。虽然阳光直射，但他丝毫不感觉难受，反而觉得很舒服。

他快活极了，兴奋极了。每当这个时候，米隆灰色的眼睛就会闪着光亮，皱起眉头思考问题。

"天上的太阳，它那么小，可爸爸为什么说它特别大呢？是不是天上有个小洞洞，所以才只能看见一点点儿？"

米隆的脑子里立刻又出现了另一个想法："为什么会这样呢？小洞洞在天空中出现，怎么又会在天空中消失呢？难道这个小洞洞是跟着太阳一起在天空中行走的？"他思来想去，还是找不到答案，于是决定回家去问爸爸。

"米隆，米隆。"远处传来妈妈的喊声。米隆立刻跳起来，朝浅滩方向跑去。他刚想过河，突然又站住了。这条小河他不知走过多少回，这里的一切他都非常熟悉，可是此刻却看见了以前从未见过的东西。

他往水里看。他看到的不是铺满鹅卵石的河底和绿色的水草，而是一个深不见底的碧蓝色的东西。

米隆不明白，为什么水里映照出来的太阳会对他微笑。他停下脚步，怎样才能走到那个深不见底的地方去呢？这个地方以前怎么没发现呢？他一动不动地站着，目不转睛地盯着那个地方。一切和以前并没有什么不同，于是他蹲下身子。脚下还是熟悉的鹅卵石，还是令人愉悦的潺潺流水。他转过身去，背对太阳，深不见底的地方不见了，浅滩也和从前毫无差别。这一发现让他既高兴又好奇。他反复了多次，觉得很奇妙，也很兴奋，早把妈妈喊他回家的事忘在了脑后。

米隆就这样站了很久，一会儿弯下身子，一会儿离开浅滩，可就是不敢下水。

他似乎觉得，鹅卵石下的土地就要裂开，小河里那个蓝蓝的深不见底的地方就要裂开。他很想变成一块木片，被抛到深不见底的地方，消失在那里。

幸好，这时身背木叉，手提耙子的邻居马尔登走过来，大声叫住了他，否则，还不知米隆会在浅滩上待多久呢。

"你站在这儿干什么？傻孩子，你妈妈喊你回家，你怎么不回去？"马尔登对米隆说。

"我想过河，可是我害怕。"米隆回答道。

"怕什么？"马尔登问。

"怕那个，您瞧。"说着，米隆指了指深不见底、发着蓝光的地方。

"那里有什么好怕的？那个地方很浅啊。"马尔登顿时糊涂了。

"很浅？您看，那儿有多深。"米隆半信半疑地说。

"深什么呀，一点儿都不深。我先过，你跟着我。别害怕。"马尔登一边说，一边穿着草鞋走过浅滩。

看见马尔登过了河，米隆也鼓起勇气跟着过河，然后穿过菜园，连跑带颠地跑回家。

"真是个傻孩子，都五岁了，这么浅的河滩还不敢过。"马尔登自言自语，看着孩子离去，干活儿去了。

夏天，大人们都到地里干活儿去了，米隆一个人留在家。可是他不敢一个人待在屋里，害怕墙上挂着的东西，害怕影子，害怕被烟熏黑了的烟筒，害怕小窗上的粗木格。

米隆在院子里转来转去，思考问题。

"人是怎么看到一切的？是怎么看到天空、大地、爸爸妈妈的呢？"他突然产生了这样一个念头。

"人是通过什么听见声音的？听到老鹰呱呱叫和母鸡咕咕叫的？为什么这一切我都能听到呢？"他觉得通过嘴巴就能做到这一切——看或听。人只要把嘴巴张开，一切就都能看到、听到。

"也许不是这样的？或许是用眼睛？"他闭上眼睛。噢，什么都看不见了，但是能听见。

"啊，原来是这样。眼睛能看到东西，可是它为什么不能听呢？"他又睁开眼睛，闭上嘴，能听得见。过了一会儿，他又闭上眼睛，照样能听见一切。

这时，他的小脑袋瓜儿里又冒出一个念头。他用手捂住了耳朵。嘘，嘘，嘘……这是什么声音？可以听见嘘嘘声，但听不到母鸡和老鹰的叫声。把手放开，听到了咕咕的叫声，可是嘘嘘声却没有了。他又重复了一次，还是一样。

"这是怎么回事呢？哈哈，现在我全都明白了。耳朵能听见小鸡咕咕的叫声，用手捂住耳朵就只能听见嘘嘘声。没

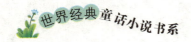

错，就是这样。"米隆想。

爸爸干活儿回来吃午饭，米隆跑到他跟前。

"爸爸，爸爸，我知道了一件事儿。"米隆兴致勃勃地说。

"什么事，我的孩子?"爸爸笑容满面。

"耳朵能听见母鸡咕咕的叫声，用手捂住耳朵就只能听见嘘嘘的声音。"米隆说。

"什么，你说什么?"爸爸有些不明白。

"是这样，如果不用手捂住耳朵，就能听见母鸡咕咕的叫声，用手捂住耳朵，就只能听见嘘嘘的声音。"米隆解释着。

爸爸哈哈大笑起来，妈妈却生气地瞪了米隆一眼，举着勺子对他晃了晃说："去吧，小鬼。都快娶媳妇了，还说这种蠢话，你怎么从来都不先动动脑子再说呢。你的话总是不着边际……人的耳朵能听见一切，嘘嘘声也好，咕咕叫声也罢。"

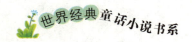

"可是为什么不能同时听见这两种声音呢？为什么不捂住耳朵只能听到咕咕的叫声，而捂住耳朵就只能听见嘘嘘的声音呢？不信，你们自己试试嘛。"说着，米隆用手捂住自己的耳朵，以证实自己的话，让父母相信。

妈妈嘟嘟囔囔，同样回答不了这个问题。

对此，米隆真的搞不明白，于是便有了更多的问题。他的话总好像是那么不着边际，妈妈，还有一些人都这么说他。

可是不管米隆怎么动脑筋，还是没让大家对他改变看法，甚至连米隆本人也似乎相信了。

有一次，全家人围坐在桌子旁吃午饭。妈妈递给米隆一个香喷喷的白菜馅饼，里边放了不少油，然后又给他盛了一碗麦粒粥。吃饭时大家都不说话，米隆吃了两口就停住了。

他又开始思考问题了："屋子里为什么这样安静？大家为什么都不说话？"

他脑海中竟然莫名其妙地出现了这个想法，便想说点什么。不过还是先想一想，免得被大家嘲笑，遭妈妈训斥。怎么说呢？米隆的小脑袋瓜儿又转了起来。他把汤匙从嘴里拿出来，但并没有放回盘子，而是停在了半空中。

米隆眼睛一眨不眨地往上望去，目光落到墙上的圣母像上，嘴里嘀咕着什么。

女佣们发觉了，相互碰了下胳膊。一个年轻的女佣低声对老仆人伊万说："快看，不知他又要说什么傻话了。"

"唉，我不明白，为什么圣母总是看着，不吃白菜馅饼呢？"米隆百思不得其解。

一阵大笑过后，妈妈照例教训了他一通，骂他是个"小傻瓜儿"。可怜的米隆被骂哭了。

"可我就是不会像大人那样思考问题，怎么办呢？"他擦着眼泪说。

对米隆这样的孩子能抱什么样的希望呢？这样的嫩芽又会长成什么样的树木呢？结果是不言而喻的。

村子里经常有这种奇怪的现象：一些孩子从小就显得与

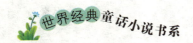
众不同——走路、长相、头发和言谈举止。如果这样的孩子一生只能在简陋的农舍里度过，没见过世面，没经历过很多事情，对事物缺乏清楚的认识，加上父母的教育方法不对，不能给孩子以正确的引导，那么孩子的天性就无法充分发挥出来。

如果这样，就会扼杀了孩子的天性。这个孩子只能成为"平常人"。

天性挖掘不出来，孩子天才的种子就会被埋没，就会慢慢地弱化甚至枯竭。

即使孩子的天性没有被扼杀，但长期得不到发挥，也会使他的性格越来越坏，使他变成一个鲁莽无知的人，甚至成为一个巫师，到处招摇撞骗。

如果这个孩子有一个爱他的、能为他开启世界大门的爸爸，想想看，孩子会有怎样的前途呢？

孩子在学校学习，就像病人需要新鲜空气一样渴求着知识。一旦他了解了科学的真谛，毕业后，便想去探究科学真谛。

风的礼物

很久以前，在一个村子里住着两兄弟。

虽然是一母所生，但兄弟俩的差别却非常大。哥哥精明富有，家里到处都摆放着值钱的东西，而弟弟性格木讷，家里十分贫穷，除了妻子和一大堆儿女，一无所有。

时间久了，哥哥觉得弟弟给自己丢人，就不再跟他来往了；而弟弟一次又一次地吃了闭门羹，也就不再主动找哥哥了。

到了麦子收获的季节，弟弟把妻子和儿女留在家里，自己去收割麦子。

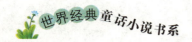

尽管弟弟的地很少，但麦子长势良好，这是他用汗水换来的果实。

割完麦子，整理好麦场，弟弟坐在地上休息。突然刮起一阵大风，吹得他睁不开眼睛。等风停了，好不容易睁开眼睛，弟弟发现粮食都被风刮跑了，一粒也没有剩下。

弟弟望着空荡荡的麦场，非常生气。

"我一定要找到这讨厌的风，问问它为什么吹走了我的心血。一年来，从种到收，我是多么辛苦啊！这些粮食是我们一大家子的口粮，现在没有了，让我怎么向家人交代啊？"弟弟沮丧地想着。

弟弟垂头丧气地回到家，顾不上吃饭就急忙打点行装。

"你要去哪儿？"看到他慌里慌张的样子，妻子连忙问道。

"我要去追那该死的风，它把咱家的麦子都刮跑了。"弟弟面无表情地说。

"我觉得你不应该去。你想想看，风要是刮到了大草原上，就可能刮向四面八方。而你却只能走一条路，你往哪个方向追呢？我反对你做这样的傻事，还是不要去了。"妻子一边做家务，一边劝道。

"我决心已定，你就不要管了。就算是追不到风，或者再也回不了家，我也要去试试。出去总比在家等死强。"弟弟固执己见。

收拾好行装，弟弟告别了妻儿，向着大草原的方向追风去了。他走啊，走啊，终于看见前面不远处有一片树林。

一幢小房子坐落在树林边上。小房子用几根柱子作支撑，悬在半空中。远远望去，房子的柱脚犹如鸡爪一样牢牢地抓向地面，当地人称这种房子为"鸡脚屋"。

弟弟走进房子，当即被吓了一跳——一个体型巨大的老人躺在地上。

老人的头朝向门的右侧，四肢伸向屋子的不同方向，显得非常怪异。

弟弟目瞪口呆，因为有生以来，还从未见过这样的情

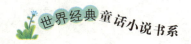
景。

"老人家，您好！"弟弟惊魂未定，呆呆地望着老人，好半天才轻声说道。

"小伙子，你这是从哪儿来，又要到哪儿去？"老人眨了一下眼睛慢吞吞地问。

"我从很远的地方来，要去找风，跟它理论。不找到它，我是不会回家的。"弟弟回答道。

"你找风有什么事儿吗？你这样执着，究竟是为了什么呢？你愿意和我说说吗？"老人和蔼地问道。

"麦地是我的命根子，我付出了那么多心血，好不容易才收获这些麦子。可风一来，就把麦子吹得一粒都不剩了。我跟风无冤无仇，它却要这样祸害我，而且一声不吭地消失得无影无踪。我咽不下这口气，就一路追到这里。等我追到风，一定要告诉它，以后再也不要吹走穷人家的粮食了，要给穷人留下一条活路！"弟弟越说越激动。

"对不起，小伙子，很抱歉地告诉你，我就是你要找的风。听你这么一说，我就明白了。从今以后，我再也不会吹走穷人的粮食了。我真的不知道，自己不经意的举动会给别人带来这么多的困扰和不便。"老人满怀歉疚地说道。

"什么，您就是风？如果您真的是吹走我麦子的风，那就请把麦子还给我吧。我必须带着麦子回去，否则家里的妻子和孩子们就要饿死了！"弟弟很惊讶，对风提出要求。

"还你麦子是不可能了，但是我会尽力补偿你。我送给你

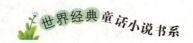

一个具有魔力的口袋，只要你喊'口袋，口袋，请给我吃的和喝的'，口袋里就会装满各种美食。"老人语重心长地说。

"风爷爷，您的心肠真好！如果口袋真的能变出我想要的东西，那从今往后我就再不用那么辛苦了。"弟弟接过口袋，心中充满了谢意。

"你要记住，在回家的路上，千万不能进酒馆儿。即使我不在你身边，也知道你所做的一切。相信你是个遵守诺言的人。"老人叮嘱道。

"放心吧，老人家，我保证不进酒馆儿。我会第一时间赶回家，告诉家人们，我们有吃的了。请您相信我！"弟弟和风告别，然后急匆匆上路了。

没走出多远，弟弟就看到路旁有一家酒馆儿。此时，他的肚子咕咕直叫，心里痒痒的，在酒馆儿门前站了很久。

"哼，就算进了酒馆儿又能怎么样，风是不会知道的。已经走了这么远，他根本看不见我。"弟弟心里暗暗合计着。

于是，他走进酒馆儿，将口袋挂到墙上。

　　"你想吃点儿什么，我们这里可都是上等的酒菜！"酒馆儿老板根本没把他放在眼里。

　　"你觉得我吃不起？"弟弟觉得自尊心受到了巨大的伤害。

　　"一看就知道你是个穷光蛋，却要装有钱人，真是可笑！"老板冷笑着说。

　　"你以为我要吃你的东西吗？你这里的东西，我看都不想

看，更别说是吃了！"弟弟气急败坏地喊道，然后转过头，对着口袋说道："口袋，口袋，请给我吃的和喝的！"话音刚落，桌子上立刻摆满了各种酒水和菜肴。

正在吃饭的商人们被这一幕惊呆了，纷纷放下手中的食物，围拢过来，议论着这到底是怎么回事。

"难道这满桌子的美味佳肴还堵不住你们的嘴吗？"弟弟轻蔑地说道。

听了他的话，商人们立刻开始大吃大喝起来，纷纷用羡慕的眼神看着眼前这个年轻人。最后，他们不怀好意地用大杯斟满了酒，敬这位慷慨的陌生人。

"多喝点儿，喝饱了就在我们这儿住一宿，我们会为您准备一张上等的床铺，不让任何人打扰您，您是我们的贵客！"说着，几个商人开始轮番敬酒。

趁着他喝醉了，商人们用一只一模一样的普通口袋换走了魔法口袋。

第二天早晨，弟弟一觉醒来，并没有看出来口袋被调换了。

一回到家里，弟弟就把家人叫来了。

"我带回来一个宝贝，以后我们再也不愁吃喝了。口袋，口袋，请给我吃的和喝的!"弟弟清了清嗓子，大声喊道，可是口袋一点儿动静都没有。

"昨天在酒馆儿里明明是很灵的，怎么现在却不争气了!"弟弟大声嚷嚷道。

他又喊了几遍，口袋仍旧一点儿反应都没有。这让他觉得大丢颜面，于是抄起一根木棒，照着口袋连打下去。一会儿工夫，口袋就被砸出了窟窿，最终成了一堆碎片。

他怒气冲冲地跑出去，又去找风了。妻子无奈地收拾残局，一边做家务，一边骂他发神经。

他再次来到风的家，径直走进屋里。

"风爷爷，您好啊!"他气喘吁吁地说道。

"你怎么又来了?"见到他，风感到很诧异。

"您的口袋根本不听使唤，我一气之下就把它打烂了。您

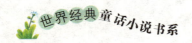

是不是应该再给我点儿补偿?"弟弟理直气壮地说。

"你进了酒馆儿,违背了自己的诺言。你这是自食苦果!"风有些生气了。

"就算我说了谎,您也不能给我一只普通的口袋啊。"弟弟抱着肩膀,冷淡地回答说。

"那好吧,我再送给你一只小羊。你用钱的时候,就对它说'小羊,小羊,吐出钱来吧!'这样,它就会吐出钱。你一定要记住,不能再去酒馆儿。"听了弟弟的话,风挠了挠头说道。

"我向你保证,再也不去酒馆儿!"说完,弟弟带着小羊上路了。

他又来到那家酒馆儿门前,犹豫片刻,又走了进去。他非常想验证一下小羊的魔力。

"只吃点儿东西,不喝酒,看这些奸诈的商人还能拿我怎么办?"弟弟紧紧牵着小羊,生怕它跑掉。

"你怎么把羊带进酒馆儿啦,那边不是有牲畜圈吗? 怎么这么不懂规矩!"酒馆儿老板的眼睛瞪得溜圆。

"它可不是一般的羊。快去铺上一块布，我要让你们开开眼界!"弟弟比比画画地说道。

"小羊，小羊，吐出钱来吧!"弟弟对着小羊大声喊道。

一会儿，小羊果真吐出了一地钱。

"我这不是在做梦吧!我太爱这只小羊了，请把它卖给我吧!"一个商人激动地喊道。

"地上的钱都归你们了，谁抢到算谁的。我是不会卖掉小羊的，你们做梦去吧!"弟弟目中无人地说。

商人们一哄而上，抢着捡拾地上的钱。他们又为弟弟准备了一桌丰盛的酒席，假惺惺地劝他不要喝醉。弟弟又一杯接一杯地喝起来，滔滔不绝地与他们谈天说地。

有酒有肉，还有一群对他赞叹不已的酒友，小羊被他完全忘在了脑后。

商人们趁他沉睡，偷偷用一只普通的小羊换走了宝贝小羊。

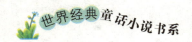

弟弟一觉醒来，牵着小羊回家了。

"开门，开门!"弟弟打着酒嗝喊道。

"我又不是你的仆人，你自己不会开吗？自从嫁给你，我就没过上一天安生的日子。"虽然嘴上这么说，但妻子还是顺手打开了门。

看到丈夫把羊牵进了屋，妻子更加气愤了。

"把羊留在外面不行吗，为什么要牵进屋里来，你还嫌家里不够乱吗?"妻子大声喊道。

"从今天起，咱们就能过上好日子啦，孩子们也要享福啦! 快去铺上一块布。这可不是一只普通的羊!"弟弟催促着妻子。

"你又搞什么鬼？这日子没法过了!"妻子痛哭起来。

"小羊，小羊，吐出钱来吧!"听了妻子的话，弟弟生气地冲着小羊喊道。

他连喊了好几声，可是小羊好像没听见一样，仍静静地站在那里。

弟弟觉得是风在捉弄他，于是不顾妻子的阻拦，又一次去找风理论。

"你真的是风吗，为什么要捉弄我?"见到风，弟弟半信半疑地问。

"我让你别去酒馆儿，你为什么就是不听呢?"风质问道。

"你要真的是风，就再送给我点儿别的东西吧!"弟弟恳求道。

"唉，那就再送给你十二个仆人吧!"话音刚落，一群人就从一个鼓里钻出来，按照风的命令，把弟弟狠狠揍了一顿。

"哎呀，饶了我吧!我以后一定会听您的话，再也不来这里了。"弟弟趴在地上哭喊着。

"我的仆人，回到鼓里去吧!"说完，风把鼓递给弟弟。

弟弟谢过风，上路回家。路上，他再次来到酒馆儿。

"快把我的口袋和小羊还给我!那两件宝贝一定是被你们调包了!"弟弟怒气冲冲地冲商人们喊道。

"马上滚出去！"商人们指着他大骂道。

"我的仆人，快从鼓里出来吧，好好收拾一下这些人。"弟弟大声喊道。

十二个仆人立刻从鼓里钻出来。商人们被打得屁滚尿流，乖乖地把口袋和小羊交了出来。

弟弟高高兴兴地回到家里。

"开门吧！"他大声喊道。

妻子打开门，见到他，气就不打一处来。

"家里已经没什么吃的了，这日子没法过了！"妻子气呼呼地说。

"仆人们，快出来，教训一下这个女人吧！告诉她，怎样做一个温柔贤惠的妻子，如何尊敬自己的丈夫！"话音刚落，十二个仆人就从鼓里钻出来，不问青红皂白，将妻子一顿暴打。

"快住手，好痛啊，我保证再不惹你生气了！"妻子大声喊道。

弟弟见妻子已经求饶，就让仆人们重新回到鼓里。妻子按照他的吩咐在地上铺了一块布。

"小羊，小羊，吐出钱来吧！"他刚说完，小羊就吐出了一大堆钱。

妻子和孩子们开心地冲上去，把钱捡起来。

弟弟又将口袋挂在墙上。

"口袋，口袋，请给我吃的喝的！"他对着口袋大声喊道，不一会儿，桌子上就摆满了各种美味佳肴。

"从今往后，我们再也不会缺衣少食了。你们放开肚子，尽情地吃吧！"他招呼妻子和孩子们坐下来吃东西。

"咱们现在已经变得很有钱了，应该请你哥哥过来看看！"妻子吃饱喝足，对丈夫说道。

弟弟想了一下，没有说话。

"你不用担心他不来。以前咱家穷，他觉得给他丢人了。可是如今不同了，咱们有钱了，再也不是穷光蛋了。我相信他会接受邀请的。"妻子继续说道。

"那好吧!"丈夫有些不情愿地答应了。

"是啊,在哥嫂面前扬眉吐气的时刻终于到了,再也不用看他们的冷眼了。"弟弟一边想,一边大步向哥哥家走去。

他去邀请哥嫂,妻子在家忙乎。

哥哥正在地里收割麦子,看到弟弟过来,立刻摆出一副傲慢的态度来。

"你来这儿,是有什么事吧?"哥哥问。

"我想请你和嫂子去我家吃顿饭,我们兄弟俩好久没坐在一起了,十分想念你们。我的妻子已经在家里准备好了饭菜,就等着你们过去了!"弟弟真诚地说。

"好吧,不管你们的饭菜有多么寒酸,不管你们的屋子有多么简陋,毕竟也是你们的一番心意。再说,我们也好久没去呼吸一下新鲜空气了!"哥哥趾高气扬地说。

哥嫂一路说笑地随着弟弟来到弟弟家。远远望去,发现弟弟家已经今非昔比了,夫妻俩非常诧异。

"快坐下,你一定会因为有我这么一个弟弟而感到骄傲的。"弟弟眉飞色舞地说。

大家围着桌子坐了下来。

"口袋，口袋，请给我吃的喝的，我要好多的酒肉，快快拿来！"弟弟把口袋往墙上一挂，冲着口袋大声喊道。

话音刚落，桌子上立刻摆满了美味佳肴。

哥嫂开心地大吃了一顿。

酒足饭饱，弟弟又把小羊牵了过来。

哥哥非常纳闷了，不知道弟弟把羊牵进屋里干什么。

"小羊，小羊，吐出钱来吧！"弟弟冲着小羊说道。小羊真的吐出一地钱。

"捡吧，地上的钱都归你们了！我们这么长时间没见，这些算是见面礼。"弟弟骄傲地对哥嫂说。

"好兄弟，你真的很幸运，得到了这么好的东西！"哥哥一边捡钱，一边说。

"是啊，是啊！"弟弟傻乎乎地回答道。

"要不，你把这个宝贝卖给我吧。"哥哥想了一会儿，对弟弟说。

"不，这个我可不能卖！"弟弟斩钉截铁地回答道。

"我给你六头牛、一副犁和一个麦叉。我还给你优质的麦种，保证你会收获很多颗粒饱满的粮食。当然，这一切绝不是白给你的，我要你的口袋和小羊作为交换。"哥哥继续说道。

弟弟经不住诱惑，将口袋和小羊换给了哥哥。哥哥和嫂子笑得合不拢嘴，觉得眼前的一幕就像做梦一样。

弟弟耕了一天的地，累得够呛。牛又饿又累，可弟弟根

本不会喂牛，到了第二天，几头牛便有气无力地趴在地上了。

弟弟用力去拉扯，可是牛就是不站起来。他的坏脾气又上来了，拿起木棒就去打牛。可是无论怎么打，牛没有丝毫反应。

见这些牛这么不中用，弟弟就立刻跑到哥哥家，当然，没有忘记带上那个鼓。

"你怎么到这儿来了？是你的犁坏了，还是你的牛不中用了？"哥哥冷冷地问道。

"牛快不行了，趴在地上跟死牛没什么区别。"弟弟连连点头。

"你给它们喝了臭水吧？"哥哥问。

"我说什么它们都听不懂。我就用棒子打它们，打得我胳膊都要肿了，可它们还是一动不动。都气死我了，所以才来找你！你把口袋和小羊还给我，把那些蠢牛牵回来吧！我的小羊多乖呀！"弟弟说着就动了感情。

"什么，还给你？你以为我在跟你闹着玩？牛不干活儿，是你不精心造成的。你不喂它们，它们哪有力气干活儿，真是太可笑了！"哥哥非常生气，拍着桌子喊道。

"可是，我哪儿知道牛还要喝水吃东西呀？"弟弟一脸无辜的样子。

"什么，连这个你都不知道？你快出去，你要是再敢到这儿来，我就把你挂到绞刑架上去！"哥哥抓住弟弟的手，一边往屋外拽，一边警告说。

"我们可是亲兄弟啊！我没有别的要求，只求你把口袋和小羊还给我。只要你把东西还给我，我马上离开！"弟弟哭着说。

"抬抬你的脚，滚回家去吧！还要我用世界上最恶毒的语言来骂你吗？千万别逼我打你，我已经忍无可忍了！"哥哥恶狠狠地说。

"只要你把口袋和小羊还给我，我就马上走，求求你了！"弟弟苦苦哀求道。

"你们还不帮我把这个胡搅蛮缠的家伙扔出去！"哥哥冲

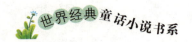

着家人喊道。

"仆人，仆人，快点儿出来帮帮我！"还没等其他人冲上来，弟弟就喊出了鼓里的仆人们。

十二个仆人把哥嫂一顿痛打。

"好兄弟，快饶命吧！拿走你想要的东西，放过我们全家吧！"哥哥终于告饶了。

弟弟收回仆人们，愉快地笑了。

弟弟拿起口袋，牵上小羊回家了。一路上，他哼着小曲儿，步履轻松。

走了一会儿，他开始反省自己。

"做人不能贪得无厌，要时刻怀有一颗感恩的心。"他对自己说。

他回到家，把自己的想法告诉了妻子。没想到有生以来第一次听到了妻子的赞赏，他心里十分舒服。

从此以后，弟弟一家过上了衣食无忧的生活。每次遇见穷人，弟弟就会主动帮忙，用口袋变出食物，分给他们吃。

小沙皇的故事

很久以前，在一个王国里，住着一个沙皇。他虽然已经结婚，但是始终没有孩子。

有一天，沙皇亲自去市场买菜。虽然他是沙皇，但很节俭，只买了一点儿咸鱼就往回走了。

在回家的路上，沙皇忽然觉得口渴，想起父亲曾经带他到一座山里喝过泉水。于是，他便走上岔路，到那座偏僻的山里去找泉水。

走了很久，没想到泉水还真的被沙皇找到了，还在老地方，还是那么清澈。

他真的是太渴了，便咕咚咕咚地喝了起来。这时，沙皇的胡子突然被什么东西紧紧地揪住了，险些失足落进水里。

他惊骇地跳了起来，一条恐怖的大蛇出现在他面前。

"求求你放我走吧，我不是故意的！"沙皇知道这是管理泉水的蛇魔，所以苦苦哀求。

"不，我不会放你走的！"大蛇把他抓得更紧了。

"只要你放我走，想要什么东西我都给你！"沙皇恳求道。

"那么，你说说看，能把家里的什么东西给我，我觉得满意才会放你走。"大蛇说。

"让我来想想看，我有些什么呢？啊，我知道了，我有八匹马，我会吩咐马夫把它们带到这里送给你。"沙皇说。

"我不要马！"大蛇喊着。

"那么，我还有八头牛，它们还没有给我干过一天活儿，正好送给你！"沙皇说。

"不，我也不要牛！"大蛇继续喊着。

　　沙皇一样一样地说着家里最宝贵的东西，但没有一样是大蛇喜欢的。

　　大蛇抓着他的胡子，拉得更紧了。沙皇见大蛇什么都没看上，很苦恼。

　　"现在，我家里只剩下一个妻子没有跟你提起过了。她是那么美丽，那么可爱，在这个世界上没有比她更好的女人了！可是，我怎么能把她送给你呢？"他自言自语。

　　"我也不要你的妻子，这样吧，你只要答应给我你回家后第一眼看见的东西，我就放了你。"大蛇非常阴险。

　　沙皇很高兴地答应了！

　　沙皇离开家以后，他的妻子恰好分娩了，生下了小沙皇诺微式尼和一个漂亮的公主。

　　两个孩子长得飞快，每天、每小时，甚至每分每秒都在成长。所以，沙皇虽然出去了只有半天的工夫，两个孩子就已经能满地跑了。

　　妻子远远就看见沙皇回来了，高兴地带着两个孩子来迎接他，并让孩子喊爸爸。沙皇一听便伤心地哭了起来。

"您为什么哭呢？是不是因为我给您生了孩子，您太高兴了呢？"妻子不解。

沙皇更伤心了，把自己刚才答应大蛇的事情和妻子说了一遍。妻子也哭了起来。

"上天眷顾我，让我有了这么好的子女。现在，我们得赶快把两个孩子藏起来，免得被大蛇带走！"沙皇很后悔。

"那我们就在草舍旁挖个坑把孩子藏进去吧！"沙皇的妻子说。

于是，他们挖了一个坑，把孩子放在里面，并准备了足够的面包和水。

然后，他们又在上面横上木头，木头上铺满草，草上堆了很多泥土，修饰得十分平坦，跟普通的地面一样。做完这些后，他们一步一回头，恋恋不舍地回到草舍去了。

不久，大蛇就来找沙皇要那两个孩子。它在草舍外飞来飞去，可是怎么也找不到。

"火炉啊火炉,沙皇的孩子藏在哪里了?"大蛇对着火炉问道。

"沙皇是个好主人,他把许多暖热的柴火放进我的肚子里,我是不会出卖他的!"火炉回答。

"水盆啊水盆,沙皇的孩子藏在哪里了?"大蛇又对火炉边的水盆问道。

"沙皇是个好主人,他时常让我去亲近那温暖的火炉,我是不会出卖他的!"水盆回答。

"斧子啊斧子,沙皇的孩子藏在哪里了?"大蛇又对斧子问道。

"沙皇是个好主人,他用我去劈柴后,就给我找一个地方躺着,让我享清福,我是不会出卖他的!"斧子回答。

"钉子啊钉子,沙皇把孩子藏在哪里了?"大蛇又对钉子问道。

"沙皇是个好主人,他把我钉在墙上,让我得到宁静的休息,我是不会出卖他的。"钉子回答。

"沙皇真的是一个好主人吗？他用铁锤狠狠地敲你的头，那是好主人应该做的吗？"大蛇开始阴险地挑拨。

"这倒也是真的，我以前怎么没想过。好吧，我告诉你，孩子就在屋旁的坑里，只要一直挖就能看见。"钉子说出了实情。

大蛇果然把孩子挖了出来。两个孩子由于生长速度飞快，已经变成了英俊的小伙子和美丽的姑娘。大蛇驮着他们就飞走了。

大蛇折腾了很久，终于困倦了，于是躺下来睡着了。妹妹坐在大蛇的头上，诺微式尼坐在她的身旁。

"小沙皇诺微式尼，你来这里是自愿的吗？"这时，一匹马跑过来问。

"不，我们来到这里并非自愿，是大蛇把我们抢来的！"诺微式尼回答道。

"那么，坐到我的背上吧，我带你们回去。"马说。

于是，他们骑到马背上，马带着他们走了。大蛇睡醒后，从躺着的杂草丛中出来，发现了远处的马，便追了上去。它从嘴里吐出火焰，把马的尾巴烧掉了。马挣扎几下就死去了，诺微式尼和妹妹摔在了地上。

"从现在起，我才是你们的父亲，以后必须听我的，懂吗？"大蛇恶狠狠地教训道。

"父亲，我们以后全听你的！"两个年轻人很害怕大蛇，违心地答应着。

大蛇驮着兄妹俩继续赶路。不久，它又困倦了，躺下来休息，并打起盹儿来。

"小沙皇诺微式尼，你来这里是自愿的吗？"这时，一只胡蜂飞过来。

"我们并非自愿，是大蛇把我们抢来的！"诺微式尼回答。

"那么，坐到我的背上吧，我带你们逃走！"胡蜂说道。

"好吧，那我们就来试试。"于是，他们坐在胡蜂背上飞走了。

大蛇睡醒后，飞快地追上他们，并吐出火舌。胡蜂扑棱了几下被烧伤的翅膀，兄妹俩又摔在了地上。

"不是告诉过你们不要听别人的话，难道忘了吗？"大蛇很生气。

"我们再也不敢听别人的话了！"两个人吓得瑟瑟发抖。

大蛇又驮着他们继续赶路。走着走着，它又累了，躺下睡着了。

"小沙皇诺微式尼，你来这里是自愿的吗？"一头公牛过来问。

"小公牛，我们不是自愿的，是大蛇强迫我们来到这里的。"诺微式尼回答。

"那么，坐到我的背上吧，我带你们逃走。"公牛说道。

"马和胡蜂都救不了我们，你真的可以吗?"两个人问。

"相信我吧!"公牛自信满满。

兄妹俩跳上了牛背。不久，大蛇睡醒了，非常生气，又追了上来，并吐出火焰。

"公牛啊，我们快要被火烧死了!"诺微式尼叫道。

"诺微式尼，在我的左耳朵里有一个马梳子。你掏出来把它扔到身后吧，或许可以挡住那条蛇!"公牛很镇静。

诺微式尼照做了，这时，一大片树林立刻出现在他们身后，稠密得就像马梳子似的。

公牛依旧不紧不慢地跑着。过了一会儿，大蛇咬穿树林，又追过来并吐出火焰。

"公牛啊，我们又快被火烧死了!"诺微式尼再次叫道。

"在我的右耳朵里，有一把刷子，你把它拉出来，抛到

73

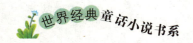

你们的后面吧，也许可以挡住火焰！"公牛说道。

诺微式尼发现公牛的右耳朵里果然藏着一把刷子，就把它拉出来，按照公牛说的做了。

这时，他们的身后又出现一片更大的树林，大蛇又被挡在了那片树林后面。

可是不一会儿，大蛇又咬穿了那片树林飞了过来，火焰烤得诺微式尼的后背很难受。

"公牛啊，火焰烤得我们很难受，我觉得我们要死了！"诺微式尼很害怕。

可是，公牛还是不紧不慢地跑着。

这时，一片大海挡住了他们的去路。

"这回我们必死无疑了！"兄妹俩很绝望。

"在我的右耳朵里，有一条手帕，你把它拉出来，抛到我的前面吧！"公牛不慌不忙。

诺微式尼照做了，在他们面前突然出现了一座桥，他们顺利地渡过了大海。他们刚过去，大蛇也追到了海边。

"赶快收回手帕!"公牛对诺微式尼说道。

诺微式尼继续照做,桥竟然在他们后面折叠起来。大蛇这回没办法了,只好在海边停下来。

"你们必须住在这里,并且还得杀死我。"公牛将两个年轻人驮到海边的一座草屋里。

"你们不仅要杀死我,还要把我分成四块,第一块挂在床头,第二块放在屋角,第三块放在一进门的地方,第四块放在门外。"公牛继续说。

两个孩子不忍心下手,公牛就自己撞死在一块大岩石上。奇怪的是,就在公牛撞死的地方,立刻长出一棵山楂树。

两个孩子只好按照公牛的吩咐,把它分成四块,分别放在指定位置,然后就躺下休息了。

半夜,诺微式尼醒了,看见在床头上悬挂着一把自劈剑,在屋角有一只狗,在一进门的地方也有一只狗,门外则站着一匹马。他立刻起身,摘下宝剑,骑上马,打算出外打

猎。这时，天亮了，两只狗也跃跃欲试地想跟着他。从此，他们就靠狩猎过着独立的生活。

再说说那条大蛇，它一直在海的那边徘徊，等待时机。

诺微式尼整天忙着打猎，没有时间陪伴妹妹。妹妹很寂寞，就到海边去洗衣服，顺便看看大海那边的故乡。

大蛇一看见妹妹，就知道机会来了，摇身变成了一个十分英俊的青年，并释放出让人心智迷惑的蛇毒，让妹妹对它一见倾心。

"美丽的姑娘，你是怎样渡过大海的呢?"它隔着大海问妹妹。

"听好了，我们是这样渡过来的! 我的哥哥有一块手帕，晃一晃，手帕就会变成一座桥。"妹妹中了蛇毒，爱上了对岸这个英俊的青年。

"看你的样子似乎不开心呢!"大蛇说道。

"在这荒无人烟的地方，除了哥哥，见不到任何人，怎么能开心呢?"妹妹郁郁寡欢。

"那么，你的哥哥会经常陪伴你吗？"大蛇故意问。

"哥哥每天都出去打猎，只陪着他的马和狗。"妹妹抱怨道。

"你去把手帕要来晃一晃，这样我就可以过去陪伴你了！"大蛇假惺惺地说。

妹妹听话地回去了。

"哥哥，你的手帕脏了，让我去海里洗一下再还给你。"妹妹连忙跑回家对哥哥说。

诺微式尼没多想，把手帕递给妹妹。妹妹拿着手帕，来到海边晃起来，海上立刻出现了一座桥。大蛇渡过了大海，两人便一同亲密地走回草屋。现在，妹妹更亲近大蛇了。

晚上，诺微式尼打猎回来，两只狗在屋里转来转去，冲着屋顶狂吠，因为大蛇就躲在上面。

"家里来了什么不祥的东西吗？怎么会有一股蛇的味道？"诺微式尼立刻问妹妹。

"在这孤零零的地方，怎么可能会有什么东西来呢？"妹妹赶紧掩饰。

"那条该死的大蛇，我现在已经不怕它了，如果它真的在这儿，我会立刻劈死它！"诺微式尼攥紧了拳头。

大蛇在屋顶听完后，吓得差点掉下来。妹妹也很担心，不管它是蛇还是人，因为受蛇毒的蛊惑，已经深深地爱上它了。现在，她反倒怨恨起哥哥来。

第二天，诺微式尼出去打猎。

"你去躺在床上假装生病，对哥哥说狼奶可以治好你的病。他去取狼奶的时候，狼就会把他的狗撕碎，那时我们就可以安心在一起了。"大蛇趁机对妹妹说。

诺微式尼打猎回来，大蛇又躲了起来。

"我病了，现在身体虚弱，梦里有人告诉我，狼奶可以治好我的病。"妹妹对哥哥说道。

诺微式尼马上骑马来到一片树林，恰好有一头母狼走来。于是，两条狗冲上去把狼按住，诺微式尼挤了奶，把狼放走了。

"你必须服侍好小沙皇诺微式尼，要把他当作你的父亲一样！"母狼感谢诺微式尼放它一条生路，送给他一只小狼作为报答。

诺微式尼返回家，身后又多了一只小狼。

大蛇和妹妹远远就看见诺微式尼回来了，一只小狼在他后边跑着。

"多么狡猾的东西，他又添了一只狼在后面！你躺下，假装病重，问他要熊奶。熊一定会把他撕碎！"大蛇对妹妹说。

说完，它变成一根针，让妹妹把它插在墙上。这时，诺微式尼从马上下来，狗和小狼走到屋里。狗冲着墙上的针嗅了半天，兴奋地吠叫。

"这些可恶的大狗，它们使我不得安宁。"妹妹对诺微式尼抱怨。

诺微式尼命令狗都安静下来。

"哥哥，我的病更重了，熊奶一定能治好我的病。"妹妹又说道。

"明天一早我就去给你取回来!"诺微式尼很疼爱妹妹。

诺微式尼被妹妹折腾得实在太累了,躺下就睡着了,狗和小狼趴在他的旁边。他睡了一夜,清早起来,骑上马又出发了。

诺微式尼又来到那片树林,恰好一头母熊带着小熊在那里,两条狗上前把它按住了。诺微式尼挤了奶,把它放走了。

"小沙皇诺微式尼,你没有取我的命,我送给你一只小熊。"那头母熊回头说道。

"你必须服侍好小沙皇诺微式尼,要把他当作你的父亲一样!"它又嘱咐小熊。

"你看,现在又多了头熊,这样下去可不行,这回你叫他去取兔奶!"见诺微式尼回来了,大蛇又出了一个主意,然后又变成了一根针插在更高的墙上。

这时候,诺微式尼从马上下来,和他的狗走进屋里。狗

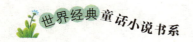

对着墙叫，可是诺微式尼并不知道是什么缘故。

"你为什么养这么可怕的狗呢？让我一直不得安宁！"妹妹又哭着抱怨。

诺微式尼只好让狗安静下来。

"好哥哥，我的病似乎更重了，除了兔奶，没有什么东西可以医好我了。"妹妹又说道。

"我明天一早就给你取回来！"诺微式尼怜爱地说。

他睡了一夜，清早起来，骑上马带着他的伙伴们出发了。

他们又来到这片树林，一只雌兔跳了出来，狗把它按住。诺微式尼挤了奶，把它放走了。

"小沙皇诺微式尼，你没有让你的狗把我撕碎，我要送给你一只小兔子。"雌兔说道。

"你必须服侍好小沙皇诺微式尼，要把他当作你的父亲一样！"它回头对小兔子说。

"多狡猾呀，他不但平安无事，又领回来一个！"大蛇远

远就看见诺微式尼回来了。

"这回你叫他去给你取狐狸奶吧！"大蛇继续给妹妹出主意，说完变成一根针插在更高的墙上。

诺微式尼从马上下来，狗冲进草舍，闻着墙上的气息狂吠。

"为什么养这些可怕的东西呢？它们总是扰得我心神不宁！"这时，妹妹又哭着说。

诺微式尼就让那些小动物们都安静下来了。

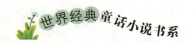

"哥哥,我的病又重了,我们试试狐狸奶吧。"妹妹继续骗哥哥。

"我明天一早就去给你取来。"诺微式尼一如既往。

他睡了一夜,早晨起来,骑上马,带上他的伙伴们出发了。他们来到树林里,恰好一只雌狐狸跳了出来,狗把它按住。诺微式尼挤了奶,把它放走了。

"小沙皇诺微式尼,谢谢你没有伤害我的性命,我将送给你一只小狐狸作为报答。"狐狸对他说。

"你必须服侍好小沙皇诺微式尼,要把他当作你的父亲一样!"它回头嘱咐小狐狸。

诺微式尼回来了,大蛇远远就看见他身边又多了一只小动物。

"这样下去可不行,有他在,我们就永远不能在一起。"大蛇伏在妹妹的耳朵上一阵耳语。

"哥哥,我的病已经很重了。在另一个王国,有一座磨坊,可以用十二盘石磨自己磨谷子,自己做出面粉。若是你背亲手磨面粉并拿回来，做成饼让我吃，我的命就有救了。"妹妹见哥哥走进屋，装作病得不行的样子。

"看来你不是我的妹妹，你是我的敌人！"诺微式尼说。

"我怎么能是你的敌人呢，我们俩背井离乡，孤零零地在一起，只有相互依靠啊！"妹妹哭了起来。

"好吧，我去给你取。"诺微式尼想了想说。

诺微式尼带着伙伴们终于找到了妹妹所说的王国，来到那座磨坊。

他系好了马，走进磨坊，里边有十二盘石磨和十二扇门，这十二扇门可以自动开启和关闭。

诺微式尼从第一盘石磨底下拿出面粉，走到第二扇门，可是他的狗被关在门里了。

当他走过十二扇门再回头看，他的伙伴们全都被关在门里出不来了。

诺微式尼痛苦了一番，但因为着急救妹妹，所以就骑上他的马赶紧往家赶。他回到家里，见妹妹正在那里和大蛇寻

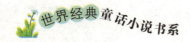
欢作乐。

"哈哈，太好了，我们正缺肉吃呢，这肉就自己来了！"大蛇一见诺微式尼就说道。

诺微式尼明白了一切。这时，他看到公牛撞死的地方长出的那棵山楂树已经很高了。

"啊，我的好妹夫，请让我爬上这棵山楂树去望一望家乡再被你们吃掉也不迟吧！"诺微式尼说。

冷酷的妹妹却命令哥哥去砍柴烧热水。

诺微式尼出去砍柴，一只山喜鹊飞了过来。

"别这么急，小沙皇诺微式尼，你的狗已经咬穿两扇门了！"山喜鹊对他说。

诺微式尼把水倒进锅里，干燥的木柴烧得很猛烈。他一次次地往柴火上泼水，叫水不要开得太快。

"别这么急，小沙皇诺微式尼，你的狗已经咬穿四扇门了！"山喜鹊又跑来对他叫道。

可是这时妹妹来了。

"水怎么还不开，拿木棍把火拨旺一些！"她催促道。

诺微式尼照做了，柴火很快就燃烧起来。等妹妹一走，他又把水洒到柴火上，使它烧得慢些。

"别这么着急，小沙皇诺微式尼，你的狗已经咬穿六扇门了！"山喜鹊又说道。

诺微式尼尽力拖延，可是，水还是开了。

"来，快点儿自己跳进锅里吧，别让你的妹夫亲自动手！"妹妹跑了过来，说完就去摆桌子、铺桌布，叫来大蛇一起吃她的哥哥。

"别这么急，小沙皇诺微式尼，你的狗已经咬穿十二扇门了，马上就会来救你！"山喜鹊又飞了过来。

"啊，我的妹夫，在我死之前，请你可怜可怜我，让我爬到山楂树顶上去看一看吧，因为在那上面可以看到我的家乡。"诺微式尼假装请求大蛇。

"亲爱的，别让他去，他如果在上面停留得太久，会浪费我们宝贵的时光。"妹妹赶紧对大蛇说。

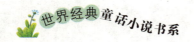

"没关系，让他爬上去吧！"大蛇暂时还没有胃口吃东西。

诺微式尼在每根树枝上都停留了一会儿，尽量拖延时间。可他还是很快就爬上了树梢，取出箫吹了起来。

"别这么急，小沙皇诺微式尼，你的伙伴们马上就会来到这里！"山喜鹊又飞了过来。

"你怎么吹起箫来了,难道忘了我们正在等着你吗?"妹妹催促道。

诺微式尼不得不从树上下来，但还是在每一根树枝上尽量多停留一会儿。

到了最后一根树枝，他心想，看来我的死期到了。然后，诺微式尼闭上眼睛往下跳。

正在这时，他听见一阵狗和野兽的叫声。诺微式尼睁开眼睛，看见狗、狼、熊、兔子、狐狸一起大声吼叫着，跑过来围住了他。

"谢谢你们，让我还能多活些日子。"他十分激动。

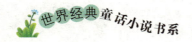

诺微式尼喊大蛇出来吃他。大蛇刚一露头，那些狗和野兽就一起冲过去，把它撕成了碎片。诺微式尼把大蛇的碎片烧成灰，小狐狸拿它的尾巴在灰里滚，然后走到空旷的田野，把灰撒到风里去了。可妹妹悄悄地藏起了大蛇的一颗毒牙。

"你不是我的亲妹妹，你留在这里吧，我要到别的王国去了！"诺微式尼对妹妹说。

他把两个木桶挂在山楂树上。

"你听着，假如你是为了我哭，第一只桶里将满是眼泪，若是为了大蛇哭，那么第二只桶里将满是鲜血！"诺微式尼对妹妹说。

"哥哥，不要离开我，带我一起离开吧！"妹妹哭着请求。

"我不想让你这样恶毒的妹妹待在我的身边。"诺微式尼说完就骑上马，带着他的伙伴们出发到别的王国去了。

他们走啊走，不知走了多久，来到了一座城市。在这座城市里，只有一眼泉水，城里的人只能到这里打水。

可是，这里突然来了一条有十二个头的龙，把前来打水的人都吃掉了。城里的人由于没水喝而无法生活，人心惶惶。

"发生什么事情了？"诺微式尼看到大街上人们奔走相告，很是喧闹，就问旅店的店主。

"恶龙要吃掉我们沙皇的女儿，沙皇宣布，有谁能杀死这条龙，就把女儿和王国的一半送给他！"店主答道。

"我能杀死这条恶龙！"诺微式尼了解情况后，立刻挺身而出。

"一个外乡人来到这里，说能杀死那条龙。"立刻有人向沙皇报告。

沙皇叫大臣把诺微式尼带到宫里，藏在他的卫兵中间。

要送给恶龙吃的公主装扮华丽，美极了，走在送行队伍前面，所有人看到她，都被她的美貌惊呆了。

诺微式尼藏在侍卫队伍里，跟在公主的后面。在他的后边，跟着他的野兽伙伴们。来到泉边，恶龙张开血盆大口就要把公主吞下去。

"杀了它！"这时，诺微式尼对着他的自劈剑说道。

"伙伴们，快去抓住它！"诺微式尼又对着野兽们喊道。

于是，自劈剑和野兽们一起上去，把恶龙撕成了碎片。诺微式尼把恶龙的碎片烧成灰，小狐狸拿它的尾巴在灰里滚，然后走到空旷的田野，把灰撒到风里。

公主拉起诺微式尼的手，把结婚戒指交给他，并打算领他回到皇宫。民众们欢呼雀跃，因为他们又有水喝了。

从泉边回皇宫的路很漫长，走着走着，大家就困倦了，在草地上躺下休息。

"自劈剑，砍向你的主人吧！"这时，一个仆人解下诺微式尼腰间的自劈剑说道。

于是，自劈剑就飞起来朝诺微式尼砍去，将他砍成小块。而诺微式尼的野兽伙伴们因为太疲劳，都睡熟了，谁也没发现。公主被惊醒，恰好看到丈夫被杀的一幕。

"你的丈夫刚才不小心被他的自劈剑杀死了，现在你必须对所有人说，是我把你从恶龙的口里救出来的，否则，你就会跟他一个下场。你发誓吧！"仆人威胁道。

公主很害怕，所以只好起誓。

仆人带着公主回到城里，沙皇给仆人换上高贵的衣服，设宴欢迎他们。公主的心里却总是闷闷不乐，一心想着真正救她的人。

狗醒来的时候，看见主人已经变成了碎块，就立即把其他的野兽都叫醒了。

它们一同商量后，派跑得最快的兔子去取能够活命的水和青苹果。

兔子撒开腿跑啊跑，不久就带着一小瓶活命水和一个青苹果回来了。

狗立即拿起水来，洒在诺微式尼的碎片上，碎片拼合在了一起。随后它又倒了一点儿活命水在诺微式尼的嘴里，诺微式尼开始呼吸了。

最后，狗让诺微式尼咬了一口青苹果，诺微式尼立刻变得既年轻又强壮。

"我睡了好久吧！"诺微式尼站了起来，伸伸懒腰。

狗将刚才发生的一切告诉了诺微式尼。诺微式尼赶紧带着自己的随从，赶往沙皇的皇宫，去寻找自己的妻子。

诺微式尼到了皇宫，公主听见外面熟悉的声音，就命令侍卫把人放进来。

诺微式尼走进屋里，手上的指环闪闪发光，引起了公主的注意。公主为了进一步看清楚指环，就给他倒了一杯酒。

诺微式尼用没戴指环的左手来接，公主就自己喝掉那杯酒，随后又另外倒了一杯。诺微式尼用戴着指环的右手来接，公主立即认出了指环。

"这才是把我从恶龙嘴里救出来的人！"公主把事情的经过告诉了父亲。

沙皇听了非常生气，下令把仆人拴在最野蛮的马后面，然后让马去无边的草原奔跑。

不久，沙皇就为他们举行了隆重的婚礼。诺微式尼和公主就这样幸福地生活在了一起！

"你还有什么亲属吗？"一天，公主问诺微式尼。

诺微式尼就把妹妹的事情告诉了公主。公主立即叫他骑上马带她一起去找妹妹。

他们来到海边的草屋，树上的那两只桶还挂在那里。只见那只为大蛇准备的桶里满是血，为诺微式尼准备的桶却是

干的，而且已经裂开了。

"你丝毫没有悔意，还是留在这里吧，我也不会再来见你了！"诺微式尼看出自己的妹妹还是替大蛇悲伤。

这时，妻子抱住了诺微式尼，一个劲儿地哀求他，要他带妹妹回去。诺微式尼没办法，就带她一起回到了自己的住处。

一进家门，妹妹就伺机将她收藏的毒牙放在诺微式尼睡觉的枕头底下。

夜里，诺微式尼躺下休息，毒牙立刻把他毒死了。狗听见了，立刻从门口跳了进来，亲吻着主人的嘴，把那颗有毒的牙齿吸到自己的肚子里。于是，诺微式尼活了过来，但是狗死了。

随后小熊亲吻了狗，狗活了过来，但是小熊又死了。然后是狐狸、狼……它们就这样轮番地亲吻过去。直到轮到小兔子，再没有谁来亲它。

"亲小兔子去！"诺微式尼对小狐狸说。

小狐狸很聪明，扛起小兔子，跑到树林里，把它放到一

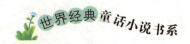
棵躺倒的树上。

树上有两根树杈，它将小兔子放在底下的树杈上，随后爬到上面的树杈上，去亲小兔子。小狐狸刚把嘴贴近树杈，大蛇的牙齿就从小兔子的嘴里飞了出来，嵌在上面的树杈里。

小狐狸和小兔子从树林里逃了回来。其他的同伴看见它们俩活蹦乱跳地回来，都很高兴。

至于诺微式尼的妹妹，她也被拴在马尾后面，放逐到无边的草原上。诺微式尼找到自己的父母，和他们讲述了分别后发生的事情。从此以后，大家都过上了宁静快乐的生活。

胡安·达里恩

很久很久以前的一年秋天，乌拉圭的一个偏僻小山村里忽然暴发了一种传染病。很快，一传十，十传百，很多村民相继感染死去。

一天，厄运降临到一个可怜的青年寡妇身上，传染病无情地夺走了她刚出生没多久的儿子的生命。掩埋了儿子的尸体，回到空空的家里，女人觉得非常绝望，两眼无神地呆坐着。

"上帝本应该对我多加怜悯，却带走了我的儿子。天上也许有天使，可我儿子不认识他们。我可怜的孩子，他最

熟悉的人是我呀!”女人喃喃自语。

夜幕降临,女人依然呆坐在屋里,眼睛无意识地看着远处那片黑漆漆的大森林。

“亲爱的孩子,你在哪里呀?夜深了,你会不会饿,会不会渴,会不会冷,会不会想妈妈?你是不是在和妈妈捉迷藏,现在就藏身在树林深处?”正这样想着,女人觉得眼前一花,黑暗之中一个小东西正步履蹒跚地走进屋来。

女人擦了擦眼睛仔细一看,居然是一只出生没几天的小老虎!

女人弯下腰将小老虎抱了起来。可怜的虎崽一点儿也没有挣扎,还满意地“呜呜”叫了几声,似乎是把女人当成了自己的妈妈。老虎崽显然并不知道,他是人类的敌人。

女人看着老虎崽,心中犹豫不决,不知道该如何处理他。

“要不要趁他还没有攻击能力的时候将他摔死?但是,他还是个孩子,和我的儿子一样,是个可爱的孩子。”女人举起老虎崽，不知道该怎么办。

最后，女人长叹一声，终是不忍心杀掉老虎崽。她把小东西紧紧地抱在怀里，任那毛茸茸的小脑袋在她怀里蹭来蹭去。虎崽感受到女人身体的温暖，挪了挪小身子，发出恬静的呜呜声，舒舒服服地睡着了。

自从收养了虎崽，女人心里得到了莫大的安慰，恍惚间她觉得儿子又回到了她的身边。

但是，这种幸福究竟能持续多久呢？女人想都不敢想。她清醒地知道，喂养虎崽的事要是被村民们知道了，虎崽一定会被杀死。

一个雨夜，意外发生了。一个村民从女人的屋前经过，听到了里面虎崽叫唤的声音。村民为了弄清事情真相，不停地敲打房门。

女人听到敲门声，吓坏了，慌慌张张地奔到屋后，想把虎崽藏到花园里。

打开后门，一条和气、有智慧的老蛇挡住了女人的去

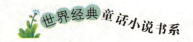
路。女人接连受惊，差点儿叫出声来。

"别怕，女人。你那颗母亲般的心已经让你拯救了天地间的一条生命，而所有的生命在这天地间都是平等的。可是，人们不会理解你，他们想杀死你的新儿子。别怕，要镇定。从这时起，虎崽就有了人的外形了，别人绝对认不出来。你要好好教育他，让他和你一样善良，他决不会知道自己不是人。除非……除非人类中有一位母亲告发了他，除非有一位母亲要他用血归还你为他付出过的心血，你儿子就应该永远是你的。要镇定，去开门吧，那个男人快要把你的门推倒了。"老蛇轻轻地扭动着身体，温和地说道。

女人知道蛇是通晓生命奥秘的，便相信了他的话。女人一打开房门，那个村民就冲了进来，找遍了屋里的每个角落，但是毫无收获。村民一走，女人就战战兢兢把盖着虎崽的披巾掀开，看见里面竟然安睡着一个婴儿。

女人感觉幸福极了，她终于可以和虎崽光明正大地过上幸福生活了。她俯身看着这个变成人的小东西，幸福的眼泪流满了脸颊。

女人给这个孩子起了一个名字，叫胡安·达里恩。她日夜操劳，细心地抚育着他。女人还很年轻，要是愿意，完全可以再婚。然而，儿子真挚的爱使她很满足，她必须全身心地回报这种爱。

时光飞逝，胡安·达里恩渐渐长大了，他是个高尚、正直、慷慨的孩子，村子里谁都比不上他。对于母亲，他更是怀着深深的尊敬。

到了上学的年龄，胡安·达里恩快乐地背着书包上学了。他不算聪明，但非常热爱学习，用勤奋努力弥补智力的不足。

母子俩相依为命，深爱着对方，生活清苦但幸福。然而，这一切美好，却在胡安·达里恩快满十岁时，早早地结束了——女人撒手人寰，永远地离开了他。

胡安·达里恩感到说不出的痛苦，从此，他变得沉默寡言，脸上总是带着忧郁的神情。现在对他来讲，唯一的乐趣就是去学校上学。

胡安·达里恩虽然是个好孩子，但在村子里并不受大家欢迎。

两年后的一天，一位城里派来的视察员到胡安·达里恩的班级听课。课堂上，老师让胡安·达里恩讲解课文。可是胡安·达里恩因为激动，结结巴巴说不出话来，还发出了一种奇怪的声音。

"这孩子是谁？是哪儿来的？"视察员观察了胡安·达里

恩好一阵子，低声问老师。

"他叫胡安·达里恩，养母已经去世，谁也不知道他从哪儿来。"老师回答说。

"奇怪，太奇怪了……"视察员一边低声说，一边观察胡安·达里恩粗硬的头发和在阴影下他眼睛里反射出来的绿光。

视察员非常害怕野兽，他想弄清楚胡安·达里恩到底是不是他所害怕的野兽。后来，视察员想了一个办法，决定用催眠术查探胡安·达里恩的过去。

"孩子们，我要你们给我描述一下大森林。你们都是在森林里长大的，对大森林很熟悉。那么大森林是怎样的，都发生了什么事呢？"视察员走上讲台说道。

视察员叫了一个学生上台，让他讲讲森林里发生的事情。这个学生虽然害怕，还是说森林里有许多大树，有攀缘植物，还有开花的植物。

接着，又有几个学生上来，所说的答案也基本相似。很

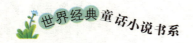
快就轮到胡安·达里恩了，起初，他的说法也和大家一样。

"不对，不对。我要你好好回忆一下你见过的东西。闭上眼睛。"视察员轻轻拍了几下胡安·达里恩的肩膀。

胡安·达里恩顺从地闭上了眼睛。

"好。现在把你在森林里见过的东西告诉我。"视察员慢慢说道。

"我什么也没看见。"胡安·达里恩闭着眼睛，迟疑了片刻才回答说。

"你马上就看见了。我们可以设想，现在是清晨，我们吃完早饭，来到大森林里……面前是一条小溪……你看见什么啦？"视察员继续诱导。

胡安·达里恩静默了片刻，周围也是一片安静。忽然，胡安·达里恩战栗起来。

"我看见许多滚过的石头、垂下的树枝……地上……我还看见枯叶压在石头上……"胡安·达里恩喃喃地说。

"等一等！滚过的石头和落下的枯叶，你看见有多高？"

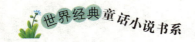

视察员打断了他的话。

"石头在地上滚过……蹭上耳朵……落叶被气息吹动……我感觉到泥土的潮湿……"胡安·达里恩没有回答视察员的问题,自顾自地说道。

"在哪儿?你哪个部位感觉到潮湿?"视察员再次问道。

"胡须!"胡安·达里恩说完,同时惊恐地睁开了眼睛。

同学们不明白这代表什么意思,他们本想嘲笑胡安·达里恩根本就没有胡须,但看到他脸上苍白焦虑的神色,没有笑出口。

"必须杀死胡安·达里恩,他是只老虎。现在他的兽性还没有觉醒,但总有一天会苏醒。我们可以去城里找个驯兽师,让他把胡安·达里恩变回原形,然后我们就把他赶到森林里去。趁他现在还没逃走,我们赶紧行动。"视察员低声对老师说道。

胡安·达里恩这个可怜的孩子,根本就不知道发生了什么事情，哪会想到逃走。他热爱学校，热爱老师，热爱小山村，热爱村里的每个人，虽然他们对他并不友善，他还是自始至终以自己的善良本性在爱着大家。

很快，村里的人都知道胡安·达里恩是只老虎了。胡安·达里恩想不明白，他是亲爱的妈妈哺育长大的，会说人话，穿着裤子和衬衣上了四年学，学习成绩也很棒，怎么会是老虎呢？

自妈妈去世后，胡安·达里恩又一次感受到了被抛弃的感觉，他的心在流血。

村民们最恨老虎，他们是不会和一只老虎生活在一起的。大家像商量好了似的，白天，大家都不理他，看见他过来就远远地躲开，晚上的时候则远远地跟着他，防止他干坏事。

"我怎么啦？他们为什么这样对待我？"胡安·达里恩跪坐在地上痛苦地喊道。

村里的孩子们也很不友好，他们跟在胡安·达里恩身

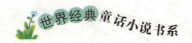

后，不停地用石头砸他，嘴里还不停地骂他，想赶他出村子。

终于，村民们天天盼望的驯兽师来了。

这天，胡安·达里恩正在家里吃饭，听到很多人的脚步声和喊叫声。他刚一开门，就被冲上来的村民给抓住了。

"就是他！"

"就是他！他是老虎！我们要把他变回原形，我们要杀死他！"

"他是老虎！胡安·达里恩会把我们吃掉的！杀死他！"

村民们七嘴八舌地在驯兽师面前历数胡安·达里恩的罪过。

村民们一边对胡安·达里恩骂骂咧咧，一边对他拳打脚踢。拳头雨点般落在胡安·达里恩这个十二岁的孩子身上，但他没有反抗，只是不停地哭泣。

过了一小会儿，村民们自动让开了一条道。这时，一个脚蹬大皮靴、身穿红色衣服、手拿一条皮鞭的人走到胡安·

达里恩跟前，他就是驯兽师。

驯兽师围着胡安·达里恩转了几个圈，仔细打量着他。

"啊哈，你的底细我完全清楚了，你能欺骗大家，可骗不了我。你就是一只老虎。你的身上肯定有老虎的斑纹。来人，把他的衣服扒掉。把猎虎犬牵上来，让他来帮我们分辨一下，你到底是人还是老虎。"驯兽师紧握着皮鞭趾高气扬地说。

一会儿工夫，村民们就剥光了胡安·达里恩的衣服，然后把他推进了兽笼。

"把猎虎犬放了，赶快！胡安·达里恩，你就把自己托付给森林之神吧！"驯兽师大叫道。

四条凶猛的猎虎犬被人们放入了兽笼。猎虎犬嗅觉灵敏，可以嗅出老虎的味道，只要确认目标，他们就可以把胡安·达里恩撕成碎片。

四条猎虎犬在胡安·达里恩身上闻了又闻，丝毫没有感觉到危险的气息，他明明就是一个善良无害的孩子呀。

"咬他！他是老虎！嗾，嗾！"村民们在笼子四周不断起哄。

猎虎犬在兽笼里又吠又跳，不知道该攻击什么。显然，这次试验没有得出结果。

"这几条都是杂种猎虎犬，肯定有老虎的血统。他们认不出你来，我却认得你，胡安·达里恩，现在就让我们来看看吧！"驯兽师走进兽笼，举起了鞭子。

"老虎，你是老虎，在你这张人皮下面，我看见了老虎的斑纹。快点，把斑纹亮出来。"驯兽师说完就在胡安·达里恩身上抽了一鞭，顿时，这个浑身赤裸的可怜孩子身上就多了一道触目惊心的伤痕。

"别打我，我是人！"胡安·达里恩哭诉道。

可是驯兽师根本没有理会，仍然用鞭子不停地抽打着这个孩子。

"快把斑纹亮出来！"周围的人们大声喊着，丝毫没有同情之心。

终于，驯兽师累了。人们把伤痕累累的胡安·达里恩拖出笼子，让他立即滚出村子。

胡安·达里恩浑身疼痛，步履蹒跚，慢慢地向村口挪去。

这时，一个村民向胡安·达里恩投过来一颗石子，正中他的肩膀。胡安·达里恩终于支持不住，摔倒在地，他下意识地伸出手向旁边一位抱着孩子的母亲求助。

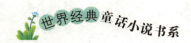

　　"他想夺走我的儿子，他已经伸手来杀我的儿子了！他是老虎！我们得马上杀死他，免得我们的孩子受害！"这位母亲显然曲解了胡安·达里恩的求助手势。

　　那条老蛇的预言终于要实现了：当一位母亲向胡安·达里恩索命，他就快要死了。

　　发怒的人们既已做出决定，就不需要别的罪名了。当驯兽师从背后用嘶哑的声音发出命令时，二十双握着石头的手早已举臂向胡安·达里恩砸去。

　　"让我们用火给他打上烙印！让我们把他放在火里焚烧！"村民们这下彻底疯狂了。

　　天黑了，人们在广场上立起了火架，上面还放着轮子和烟火。

　　村民们把胡安·达里恩绑在架子中央，引燃导火线。火线上下翻飞，瞬间点燃了整个烟火架。

　　"胡安·达里恩，今天就是你的末日！"

　　"快把斑纹亮出来！"

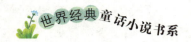

"请原谅，请原谅！"胡安·达里恩尖叫着，在火花和烟雾中扭动身体。那些五颜六色的轮子飞快地旋转，有的向右，有的向左，边缘喷出一条条火舌。

胡安·达里恩被一股股喷到身上的火苗烧伤，拼命扭动着身体。

"快把斑纹亮出来！"人们在下面不停地吼叫。

"不，请原谅！我真的是人！"不幸的胡安·达里恩受到如此的对待，居然还在向人们表明自己人的身份。

在熊熊大火中，只见胡安·达里恩的身体在不停抽搐颤抖，低沉的呻吟逐渐变得粗哑，躯体也不断地开始变形。

"他开始变形了！"野蛮的村民们发出胜利的欢呼。

终于，在胡安·达里恩身上出现了老虎身上那种平行和不祥的斑纹。村民们的目的达到了。

火慢慢熄灭了，此时只剩下一只奄奄一息的老虎还被绑在架子上。就这样，村民们仍然觉得不解气，他们把胡安·达里恩扔到了森林边缘，希望豺狼把他吃掉。

天可怜见，这只老虎并没有死。他慢慢苏醒过来，然后拖着受伤的身体钻进了森林里。他找到一处隐秘的山洞，凭着顽强的意志，躲在里面养伤。

整整一个月过去了，胡安·达里恩的伤口已经好得差不多了。

恢复老虎的原形之后，胡安·达里恩保留了三项能力：对过去的鲜明记忆，跟人一样使用手的能力以及讲话的能力。除此之外，他就是一只不折不扣的老虎，与别的老虎毫无不同之处。

伤好之后，胡安·达里恩联络森林里其他的老虎，半夜在芦苇丛里集合。

夜幕降临，胡安·达里恩悄悄地来到村子里，看见那些村民来来往往，心里十分痛苦。

突然，一个脚蹬皮靴、身穿红色衣服的人过来了，他就是驯兽师。胡安·达里恩悄悄潜伏过去，猛地一跳，将驯兽师扑倒在地，然后抬起一只手掌扇了过去，顿时，驯兽师晕

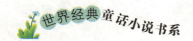

了过去。

胡安·达里恩叼起驯兽师，将他带到了芦苇丛中。

此时的芦苇丛里，聚集着众多老虎。他们睁着闪闪发光的眼睛，注视着胡安·达里恩。

"弟兄们，我以人类的形象，在他们中间生活了十二年，可我是只老虎，稍后我就会用行动斩断我与过去联系的纽带。"胡安·达里恩缓缓说道。

胡安·达里恩说完就把昏迷不醒的驯兽师绑到了两株高大的芦苇上，然后点燃地上的枯叶，燃起了一堆大火。

周围的老虎看到火焰，吓得纷纷倒退。

"别怕，兄弟们，我是不会伤害你们的。" 胡安·达里恩说道。

那些老虎瞬间安静下来，默默地趴在旁边观看。周边的芦苇在火的燃烧下，发出噼里啪啦的声音，炸开的芦苇秆像利箭一样四处纷飞。

很快，在高温的烘烤下，驯兽师醒了过来。他看见下面趴着众多的老虎，一下子就全明白了。

"请原谅，请原谅我！"驯兽师一边哀号，一边扭动身体。

胡安·达里恩没有回答，只是冷眼看着驯兽师。

"胡安·达里恩，请原谅我所做的一切！"驯兽师害怕极了。他觉得此刻的自己就像被上帝抛弃了一样。

"这里没有叫胡安·达里恩的。我不认识胡安·达里恩。

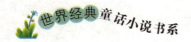

这是人的名字，然而在这里，我们都是老虎。"胡安·达里恩不紧不慢地说，然后扭过头，问身边的老虎朋友，"你们谁叫胡安·达里恩?"

驯兽师彻底绝望了，他知道自己的末日到了。很快，驯兽师的哀号声小了，接着就彻底听不见了。

胡安·达里恩看着面前的火焰渐渐变小，深深叹了一口气。

"弟兄们，以后我将要开始新的生活了，不过在此之前，我还有一件事情要办。"胡安·达里恩对其他老虎说道。

说完，他转身向村子里走去，不过他并不知道，身后有许多老虎悄悄跟在后面。

胡安·达里恩穿过一个破烂的花园，纵身跳过围墙，走过许多十字架和墓碑，停在一小块没有任何装饰的坟墓前。这里安葬着一位妇女，几年前他曾叫她母亲。

胡安·达里恩跪了下来，就像人一样。

"母亲! 在所有的人里，只有您承认天地间所有的生命

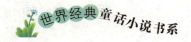

都有生存的权利。只有您明白，人和老虎仅仅在心地方面有所不同而已。您曾教育我，要爱，要理解，要宽恕。母亲！我确信您在听我说话。我永远是您的儿子，不管以后发生什么事，我都只能是您的儿子。再见了，我的母亲！"胡安·达里恩怀着深深的柔情低声倾诉。

胡安·达里恩站了起来，看见他的兄弟们正在围墙外面看着他。这时，远处传来了枪声。

"这是大森林里的枪声。是人开的枪。他们在捕猎，在杀戮，在屠宰。"胡安·达里恩怒吼道。

他回到刚刚祈祷过的那座坟墓，在十字架上他母亲的名字下面，用鲜血写了几个大字："及胡安·达里恩"。

"现在，到大森林去，永远去当老虎！"胡安·达里恩带着兄弟们向大森林奔去。